UNE TENTATIVE

DE

RÉNOVATION THÉATRALE

RÉSUMÉ DE L'OPINION PUBLIQUE

OU

APPRÉCIATIONS ÉMANÉES DE JUGES COMPÉTENTS SUR DIVERSES QUESTIONS DU THÉATRE ACTUEL

ET

SUR L'HIPPOLYTE PORTE-COURONNE

Traduit d'EURIPIDE pour la Scène Française, avec les Chœurs
et la mise en scène primitive

PAR

Sébastien RHÉAL (de CESENA)

Musique de M. ELWART, professeur au Conservatoire impérial

Ouvrage lu le 31 octobre 1852, avec les chœurs chantés par les Elèves du Conservatoire, devant le s
Comités des Associations artistiques, présidées par M. le baron Taylor ; — Visé en avril 1853, par la
Commission officielle d'Examen pour le théâtre de l'Odéon, sous la direction de M. Altaroche ; —
Autorisé, répété et affiché, la même année, pour des représentations extraordinaires à la salle Vent a
dour, représentations arrêtées par un procès avec l'ancienne direction du Théâtre-Italien.

Paris

Supplément à l'HIPPOLYTE

EN VENTE CHEZ DENTU, ÉDITEUR

AU PALAIS-ROYAL

1859

L'Hippolyte Stéphanophore ou Porte-Couronne, considéré comme type supé-
rieur du drame social unissant tous les genres, avec une portée morale définie,
c'est-à-dire des mystères ou moralités de notre vieux théâtre français, a été traduit dans la version actuelle, pour la première fois, avec les chœurs, la mise en
scène antique, de nouvelles interprétations, et les variantes ou appropriations
nécessaires pour le théâtre moderne, comme essai pouvant servir de guide à la
translation successive d'un choix de chefs-d'œuvre grecs, dans le futur Panthéon
théâtral des Classiques universels.

Deux passages du *Mémorial de Sainte-Hélène*, déjà cités par l'auteur traducteur et reproduits dans les journaux, établissent que l'Empereur Napoléon Ier avait
conçu la pensée formelle de faire ainsi représenter sur nos scènes deux ou trois
chefs-d'œuvre tragiques des Olympiades, le plus fidèlement possible, avec leur
appareil antique et les chœurs chantés, comme essai ou exemple solennel pour
rappeler la vérité historique et morale au Théâtre-Français. Talma, notamment,
sous l'influence de traditions rétrogrades, combattit l'exécution de ce projet ra-
tionnel, ce qui en laissa l'initiative aux étrangers ; et aujourd'hui encore, il attend
sa réalisation complète.

Notre histoire théâtrale intime, trop peu approfondie, démontre également que
Corneille et Racine (tout comme Voltaire) se virent imposer plusieurs fois, par leurs
milieux oppressifs, des alliages hétérogènes ; ils cherchèrent diversement, malgré les fausses règles conventionnelles, la synthèse harmonieuse de l'art, avec la
vérité intégrale des peintures, dont la tragi-comédie de Polyeucte et la tragédie
lyrique d'Athalie nous ont légué les admirables types, d'abord méconnus. Molière
et Shakspeare, comédiens-directeurs, purent seuls être librement originaux dans
leurs créations, ornées d'intermèdes et de doctes fantaisies.

Cette synthèse du passé, la voici ébauchée pour l'avenir :

Drame, comédie et ballet. — Poésie, musique et peinture. — Idée, action et plastique.
Transformation progressive de la tragédie et du grand opéra.
Mélange libre des genres sérieux et satiriques ou bouffes.
Moralisation par le beau et l'émouvant.

L'intéressante représentation d'*Athalie*, exécutée avec ses parties chorales,
vient confirmer, par une nouvelle expérience, les opinions relatées plus loin et mes
principes depuis longtemps formulés sur les points indiqués ci-dessus.

Au moment où la France tire l'épée pour l'Italie, sa noble sœur, on compren-
dra mieux la relation active des sentiments civiques et des choses dont nous par-
lons. L'art véritable ne subsiste pas en dehors de l'humanité.

C.

SOMMAIRE.

AVANT·PROPOS.

I

Ceci n'est pas simplement la question d'une pièce traduite, d'un chef-d'œuvre millénaire et d'un écrivain, encore jeune, quoique vieux d'épreuves, associé à un compositeur éminent pour sa pieuse restauration scénique ; c'est la cause de l'art dramatique et d'une partie notable de ses disciples, de l'enseignement social et de notre suprématie intellectuelle. Je cite à l'appui de cette cause, dont je suis le trop insuffisant apôtre, les organes sérieux des opinions les plus diverses.

Je dois clairement le dire ici : devant les fatales conditions traditionnelles du théâtre, j'ai préféré m'abstenir quinze ans. Je me suis fait traducteur et interprète des monuments du passé, voire même, hélas ! entrepreneur éventuel, pour essayer de montrer à tous leurs annales lumineuses souvent défigurées, pour restituer des bases antiques aux créations novatrices et nationales ; car je viens continuer, sous le manteau d'un poëte grec, notre trinité classique, dans sa synthèse harmonieuse, — le grand art historique et moralisateur, — la tradition française et universelle, dont le romantisme cosmopolite rouvrait également les voies par la géante porte Shakspearienne. Le vrai, le bien et le beau : voilà mon école ; l'utilité commune, mon but. C'est la poétique de mes immortels maîtres.

Autrefois cette tradition glorieuse était généralement soutenue, contre les influences antagonistes, par le pouvoir royal, d'où dérivaient les priviléges, et par les esprits d'élite. Mais un immense courant délétère a transformé le régime théâtral, avec notre atmosphère intellectuelle. Les nobles choses, instituées pour être les ornements des États (1), sont devenues un commerce, — un commerce sans concurrence ni contrepoids, — sous le propre sceau de l'État; le temple s'est changé en bazar. Cependant le bazar contient un orchestre, des lustres, des tribunes, et le pain des fidèles; on y célèbre, par intervalles, de splendides fêtes.

II

Il s'agit de savoir, aujourd'hui, si le petit nombre, décimé chaque jour, de ceux qui pratiquent sincèrement l'art, qui suivent une férme direction morale et obtiennent les suffrages éclairés, pourra exercer sa profession nourricière, c'est-à-dire se faire entendre au public sur les scènes présentement subventionnées ou privilégiées; si les spectacles éternels, où revivent l'héroïsme, l'histoire, l'idéal, y garderont une place digne, pour les vivants comme pour les morts, auprès des actualités changeantes, et des pièces à machines ou de métier, dont une missive officielle était obligée d'interdire l'argot lucratif.

Maintenant, où Paris agrandi devient la métropole adoptive des deux mondes, l'art dramatique, atrophié sous de triples chaînes (2), légères seulement aux muses faciles, entrera-t-il à son tour dans des conditions plus larges, dans des édifices moins caducs, en harmonie avec notre constitution civile et le mouvement contemporain? Pourra-t-il librement se retremper dans les éléments vitaux : la passion et l'idée, —la foi, le patriotisme, l'humanité, ces grands principes que recommandent toutes les voix solennelles? « Sera-t-il dieu, table ou cuvette?...» jugé enfin, dans ses diverses manifestations légitimes, par l'unique tribunal décisif: le *Vox populi*, dont le souffle électrisa les mâles génies de la Grèce et produisit le brillant personnel théâtral du premier Empire?

(1) Ordonnance de Louis XIV conférant à Lully la direction de l'Académie royale de Musique.

(2) Le monopole commercial, exclusif pour les deux tiers; — la censure sans appel des directeurs et de leurs compagnies; — la censure préventive officielle, du moins justifiée par un grave motif d'ordre public.

Quand l'État entretient des professeurs pour enseigner à la jeunesse l'antiquité classique et les belles sources, des comédiens pour en interpréter les modèles, et des établissements pour les perpétuer, aurons-nous la faculté pratique de les enseigner, selon notre mandat, devant nos générations livrées aux propagandes byzantines? Serons-nous censurés, taxés (1) ou exclus *ad libitum*, comme des esclaves, même après l'examen officiel, par les entrepreneurs, sagaces, bienveillants et lettrés ou non, brevetés forcément nos juges-propriétaires sans recours? En un mot, la France impériale reprendra-t-elle, par les lumières de l'esprit, comme son aînée la France de Louis XIV, l'ascendant européen qu'elle a honorablement reconquis par les armes, suivant sa double tradition?

Qu'on ne se méprenne point sur mes paroles. Chaque époque a ses grandeurs et ses misères, sa mission et ses instruments. Le génie militaire compte des égaux; il ne resplendit et se consacre qu'en servant la justice. Clément Marot et Molière furent premiers valets de chambre d'une Majesté. Nous ne voulons pas être, au XIXe siècle, ceux du bourgeois gentilhomme ou de Turcaret. Toutefois le commerce, noblement exercé, enfante aussi ses bienfaits et sa gloire, témoin Cosme Médicis, nommé le *père de la patrie*. Qu'il s'associe, pour le bien commun, au talent et au travail, sans les opprimer. Si les choses libérales sont devenues commerciales, c'est pour se transfuser dans la société moderne et reconquérir leur pleine dignité, avec leur indépendance. On ne remonte pas le fleuve du temps. Ce commerce, il faudra l'assainir et l'équilibrer, comme les autres. Ce bazar, qu'on l'érige en palais civilisateur, où les orphéons populaires déploient leur festival.

III

Bref, plus d'un million, outre la concession des salles gratuites et des classiques répertoires, est annuellement affecté à la conservation de l'art élevé parmi nous. Et nos grands théâtres dramatiques et lyriques, où les œuvres importantes n'apparaissent qu'après des stages mortels, se trouvent devancés ou éclipsés communément, dans leur exécution artistique,

---

(1) Témoin les affligeants débats pour des pièces jouées aux frais des auteurs, ainsi que notre ancien procès, et celui tout récent de Mme Ristori, l'éminente tragédienne, avec les directions du Théâtre-Italien.

par ceux d'Italie, de Prusse et d'Allemagne. Et plus d'un million, prélevé comme droits d'auteur, se partage annuellement entre quinze ou vingt membres attitrés, tandis que les autres, n'importe leur mérite, restent condamnés à toutes les vicissitudes du *fatum*, avec les artistes non engagés. Et le sentiment moral s'abaisse, étouffé sous l'industrialisme (*). N'y a-t-il pas des mesures à prendre pour améliorer une pareille situation?

Voilà sommairement, sans équivoque, la question posée. Le triste sort récent du descendant du chevalier d'Assas, que je me borne à rappeler entre plusieurs noms funèbres, indique suffisamment sa gravité, trop dissimulée sous des périphrases. Je l'expérimente jusqu'au bout pour mon propre compte, pour l'instruction générale. Le pays, ni les pouvoirs constituants, ne la connaissent dans ses réalités douloureuses. Je la soumets franchement, l'œuvre d'Euripide à la main, devant l'autorité supérieure dont elle éveille la sollicitude, devant tous ceux qui ont une mission dans les arts et dans les lettres, qui s'intéressent à la gloire nationale et au progrès.

Il y en a encore, Dieu merci! comme il existe dans notre jeune France un public toujours prêt à saluer le vrai beau, et des talents généreux pour l'incarner. Laissons parler l'opinion compétente, sous l'empire légal du suffrage universel; ses organes instruiront mieux que moi la cause. C'est, je le répète, la cause de l'enseignement social, de l'art et de mes dignes confrères, auteurs, compositeurs et comédiens, dont la majorité a déjà témoigné ses vœux (1). Je les exposerai plus hautement avec la situation tout entière, et les mesures tutélaires réclamées, si cela est indispensable pour ma pleine justification ou pour décider les réformes opportunes.

Séb. RHÉAL.

Auteur du *Monde Dantesque*, des *Stations poétiques*, de la
1re traduction des *OEuvres complètes* de Dante, etc.

(1) Notamment dans l'enquête ouverte en 1849, au Conseil d'État, pour préparer une loi organique sur les théâtres. — Une nouvelle Commission vient d'être nommée pour examiner la situation de la comédie française.

(*) Consultez nos annales durant les vingt dernières années. Chose instructive! les primes annuelles de moralité dramatique, exclusivement proposées aux ouvrages *représentés* dans la capitale, ont naguère été supprimées, après un double concours infructueux. Et Corneille, Molière, Racine, sont exclus avec la tragédie et la haute comédie de tous les grands théâtres départementaux, pour les genres favoris dont le luxe les ruine. (*Situation théâtrale et littéraire*, extr. inédit.)

APPRÉCIATIONS ET DOCUMENTS

REPRODUITS OU EXTRAITS

DES ORGANES DE L'OPINION

LECTURE AU PALAIS BONNE-NOUVELLE

PAYS. — 6 *novembre* 1852. — ASSOCIATIONS ARTISTIQUES.

« Dimanche dernier, les comités des Associations artistiques, présidés par M. le baron Taylor, étaient convoqués à huis-clos dans la salle de concert du bazar Bonne-Nouvelle, pour entendre la lecture d'*Hippolyte Porte-Couronne*, chef-d'œuvre traduit d'Euripide, dont les premières représentations prochaines sont destinées au bénéfice de leurs caisses de secours.

« L'auteur lui-même, M. Sébastien Rhéal, lisait sa traduction, et M. Elwart, compositeur de la musique, dirigeait les chœurs, chantés par les orphéonistes du Conservatoire. Des applaudissements réitérés ont salué cette seconde résurrection poétique et musicale de l'art grec, qui promet plus d'un contraste intéressant par la lutte de Racine et d'Euripide dans ce pathétique sujet, etc.... »

Cent cinquante personnes environ, parmi lesquelles diverses notabilités dans les sciences, les arts et les lettres, assistaient à cette séance improvisée; quelques loges étaient occupées par des dames et les familles des auditeurs. On y remarquait, entre autres, avec le président fondateur, MM. Dauzats, Maindron, le baron Roger, Zimmermann, Ad. Adam, Panseron, L. Kreutzer, Andraud, mesdemoiselles Judith, sociétaire, et Maxime, ex-pensionnaire du Théâtre-Français; un jeune compositeur d'avenir, M. Jules Cohen, l'auteur même de la nouvelle musique d'*Athalie*, tenait le piano.

AVANT LA PUBLICATION DE L'OUVRAGE

LETTRE DE M. BOULAY DE LA MEURTHE A M. SÉBASTIEN RHÉAL.

Paris, 20 novembre 1852.

« Monsieur, je m'empresse de vous renvoyer votre manuscrit d'*Hippolyte Porte-Couronne*. Je l'ai lu avec un vif intérêt. Rien de plus saisissant, en effet, que cette comparaison de deux civilisations et de deux littératures aussi avancées que celle des Grecs et celle des Français. En les rapprochant ainsi, on voit clairement en quoi elles diffèrent, et en quoi elles sont l'une à l'autre inférieure ou supérieure.

« Les Grecs ont cependant sur nous cet avantage de nous avoir précédés dans la carrière et de nous avoir servi de modèles. Racine a imité et quelquefois traduit littéralement Euripide. Vous nous le rendez tel que les Grecs l'ont connu. Vous avez eu là une lutte laborieuse à subir. Vous en êtes sorti presque toujours vainqueur.

« Cependant, si vous me pardonnez ma franchise, je vous dirai qu'il y a encore, çà et là, quelques coups de lime à donner dans les détails du style. A vrai dire, il y en aura toujours; heureusement que vous savez faire jouer la lime, vous qui savez si bien manier la hache et le rabot.

« Vous me demandez mon avis sur quatre vers à conserver ou à supprimer. Les supprimer serait une offense au Gouvernement. Laissez à l'administration à juger la question. Je pense qu'elle la tranchera dans le même sens que moi. Si elle en juge autrement, tant pis pour elle.

« Veuillez agréer, Monsieur, avec mes félicitations et mes remercîments pour le plaisir que vous m'avez procuré, l'assurance de ma haute estime. »

NOTA :

Nous avons reproduit ici ces documents explicatifs, déjà imprimés dans le préliminaire de l'ouvrage, avec la lettre intégrale du regrettable M. Boulay de la Meurthe, devenue un autographe doublement précieux. Complétons les renseignements utiles en rappelant que des artistes distingués, appartenant ou ayant appartenu à nos premiers théâtres, nous prêtaient un concours assidu pour l'exécution du chef-d'œuvre antique. Plusieurs répétitions, avec l'orchestre et les chœurs, sur des scènes préparatoires, ont éprouvé notre système dramatique et musical.

REVUE BRITANNIQUE. — 1er *juin* 1858. — **AMÉDÉE PICHOT.**

Faute d'un drame original, peut-être nos grands théâtres auraient dû convier la France lettrée à la représentation de l'*Hippolyte Porte-Couronne*, que M. Sébastien Rhéal a traduit d'Euripide. Ce drame antique, rendu exactement, non servilement, ouvre un jour tout nouveau sur la littérature dramatique, non-seulement chez les concitoyens de Périclès, mais chez les sujets de Louis XIV. Il est curieux de comparer la *Phèdre* de Racine, ce chef-d'œuvre d'infidélité, à la composition vraiment extraordinaire du poëte athénien, dont la *Phèdre* française ne donne pas plus l'idée que l'*Othello* de Ducis de l'*Othello* de Shakspeare. Il fallait un poëte à la fois érudit et inspiré pour entreprendre et pour achever un pareil travail. Il a parfaitement distingué les exigences tout à fait différentes d'une traduction scolastique et d'une traduction littéraire; son grand mérite est d'avoir osé traduire alternativement dans les deux systèmes, heureux de pouvoir être souvent littéral, mais ne sacrifiant ja-

mais son modèle au ridicule des mots trop étranges. En lisant l'*Hippolyte Porte-Couronne*, on se persuaderait facilement que l'on assiste à la
représentation de la pièce, comme un autre Anacharsis, assisté d'un
ami d'Euripide, sinon d'Euripide lui-même, faisant les honneurs du
théâtre de Bacchus au voyageur, son hôte.

ILLUSTRATION. — 28 *août* 1858. — LÉON DE VAILLY.

Commençons notre chronique littéraire par l'*Hippolyte Porte-Couronne* d'Euripide. Son traducteur, M. Sébastien Rhéal, poursuit, avec
l'ardeur qu'il met à toute chose, la fondation d'un théâtre universel qui
soit à la littérature française ce que le Musée du Louvre est à la peinture, où l'on représente les chefs-d'œuvre de tous les temps et de tous
les pays, afin de maintenir le diapason de l'art à la hauteur d'où le pro-
saïsme et le mercantilisme tendent toujours à le faire descendre.

L'industrie a eu son exposition universelle ; pourquoi le théâtre n'au-
rait-il pas aussi la sienne ? L'esprit du siècle n'est plus aux sentiments
de nationalité étroite ; il ne demande qu'à s'affranchir de ses préventions :
que l'espace et le temps subissent encore cette défaite ! Cette idée grandiose d'un panthéon dramatique, ouvert à tous les dieux de la scène,
offre sans doute des difficultés très grandes d'exécution ; mais elle serait
de nature à séduire un gouvernement ami des arts, et qui, pouvant
beaucoup, voudrait mettre à profit cette liberté d'action pour signaler
son passage par des monuments réellement nouveaux, en harmonie avec
le progrès et la civilisation....

En attendant que son magnifique projet tente le pouvoir, et, pour ai-
der sans doute à la tentation, M. Rhéal, qui vous racontera lui-même
comment sa pièce a failli être et n'a pas été jouée, a fait, en désespoir
de cause, imprimer sa traduction. Permettez-moi de m'associer, pour
ma faible part, à ses généreux efforts en vous entretenant un peu de son
estimable travail.... Ce que le poëte a surtout de sympathique, c'est son
amour et son respect de l'art. Ce qu'il fait aujourd'hui pour Euripide,
hier il l'essayait pour Dante ; l'on ne saurait trop encourager ces luttes
énergiques et désintéressées. Assez d'autres convoitent la couronne d'or.
Sachons gré à ceux qui n'aspirent qu'à la couronne de fleurs.

CORRESPONDANCE LITTÉRAIRE. — 22 *sept.* 1853. — L. PICHAT.

M. Sébastien Rhéal a traduit d'Euripide *Hippolyte Porte-Couronne*.
Son œuvre, moins heureuse que l'*Antigone* de Meurice et de Vacquerie,
dont chacun se rappelle le succès, fut autorisée pour être représentée à
la salle Ventadour en 1853. La pièce avait été lue devant les comités
des Associations artistiques, au milieu d'une émotion générale. Les
obstacles de toute sorte qui en ont arrêté la représentation sont expli-
qués dans une préface dont les documents peuvent servir à l'histoire

de l'art. La pièce alla jusque devant les tribunaux, et le résultat arrive entre les mains du public.

C'est la protestation d'un auteur réduit à faire imprimer son travail et à chercher ailleurs les membres épars d'un auditoire qui, nous n'en doutons pas, aurait applaudi la tentative de M. Rhéal. L'auteur rêve un théâtre universel où les chefs-d'œuvre du monde seraient représentés. L'idée est grandiose et nous paraît réalisable. Mais ce n'est point au passé qu'il faut s'adresser pour l'exécution d'un pareil projet : c'est à l'avenir. Cette liberté de l'art aura son jour.

Il y a 2287 ans que le drame d'*Hippolyte* fut représenté à Athènes, et nous avons encore soif d'un pareil chef-d'œuvre. M. Rhéal s'est conformé au texte; il n'y a apporté, dans son travail, que les changements réclamés par la mise en scène française, sur laquelle il avait lieu de compter.

LE RÉVEIL. — 25 *septembre* 1858. — A. DE LAUZIÈRE.

.... La représentation du chef-d'œuvre de Sophocle a prouvé encore une fois à la direction du Théâtre-Français, par l'attitude même du public, et de quel public d'élite (1)! qu'elle peut parfaitement aborder les classiques; elle lui a prouvé que ce n'est pas la première scène française, largement subventionnée, et assurée contre les maigres recettes, qui doit faire concurrence aux théâtres du boulevard, en leur prenant des mélodrames mal déguisés dont ils ne voudraient guère, ou des comédies suspectes dont ils ne voudraient pas....

Tout n'est cependant qu'heur et malheur ici-bas, à la scène comme à la ville. Il y a cinq ans, en 1853, ce nous semble, un autre écrivain, M. Sébastien Rhéal, voulut tenter la même épreuve. Il traduisit l'*Hippolyte Porte-Couronne* d'Euripide. Il voulut le faire représenter avec le même éclat dont nous avons vu entourer l'*OEdipe* de Sophocle, et il fit écrire la musique des chœurs par un compositeur de talent, M. Elwart.

Il n'y eut pas d'ennuis, de tortures, qu'il ne subît, d'écueils et d'obstacles contre lesquels sa volonté ne se brisât. Il s'engagea dans un fâcheux procès qu'il perdit; enfin, de guerre lasse, il y renonça. Il tomba sur ses genoux, et, en tombant, le manuscrit roula par terre. Un éditeur le ramassa et le publia. En avez-vous connaissance? Nous n'en sommes pas bien sûr. Hélas! la publicité de la scène, en fait d'œuvres dramatiques, est bien autre chose que la publicité de la presse.

Le Théâtre-Français était pourtant là; l'Odéon, second Théâtre-Français, était là aussi! Que donnaient-ils en 1853? Consultez les archives ou les feuilletons des journaux. Vous trouverez bien quelque pauvre essai d'un débutant, ou quelque œuvre de vieillesse, la pertharite comique d'un auteur usé. Passons.

---

(1) Celui des premières soirées. V. les remarques et appréciations ci-après.

LE CONSTITUTIONNEL. — 7 *octobre* 1858. **— FAITS DIVERS.**

La représentation de l'*OEdipe roi* a soulevé de nouveau la question controversée de l'opportunité des représentations des pièces grecques sur nos scènes classiques ; sans rien ôter au mérite de celle que donne maintenant le Théâtre-Français, rappelons qu'il existe pour leur exécution un autre système, dont l'*Antigone*, transportée de Berlin à l'Odéon, avec les chœurs de Mendelsshon, a offert un exemple en 1844. Il consiste à faire chanter les parties chorales et à diviser le théâtre en une double scène, la première (le thymélé) pour le chœur, la seconde (le proscenium) exhaussée pour les personnages, selon la manière antique. Ainsi ont déjà été tour à tour exécutés, sur les théâtres royaux de Berlin et de Munich, plusieurs chefs-d'œuvre, outre l'*Antigone*, entre autres, l'*OEdipe roi*, l'*Hippolyte* et la *Médée*, avec la musique d'éminents compositeurs.

Ce système, dont M. Sébastien Rhéal a restitué la conception à l'empereur Napoléon Ier par la citation des passages du *Mémorial de Sainte-Hélène* qui la mentionnent, est complété par le poëte érudit dans sa traduction de l'*Hippolyte* d'Euripide ; il y a rétabli notamment, pour la première fois, le chœur de danse orchestique tel qu'il s'employait dans la tragédie grecque, totalement distincte de la nôtre ; on y retrouve le mélange primitif de l'opéra, de la féerie et du drame moderne. Les personnes curieuses de s'édifier là-dessus peuvent consulter son intéressant ouvrage publié avec des notices instructives.

REVUE CONTEMPORAINE. — 15 *octobre* 1858. **— ÉMILE CHASLES.**

*Représentation de l'*OEDIPE ROI. **—** Pourra-t-on jamais, en France, faire apprécier la beauté du mode lydien, la grandeur lyrique des strophes, ou seulement la grâce des deux jeunes filles qui viennent psalmodier devant l'orchestre ? Il faut bien avouer que, dans cette dernière expérience, la musique et la littérature semblent des rivales enchaînées qui s'entre-déchirent en gémissant. On les plaint malgré soi, plutôt qu'on ne les écoute. Si quelqu'un jugeait sur cet exemple la question souvent agitée des représentations grecques, il est à croire que la tragédie antique reprendrait le chemin d'Athènes.

Nous aurions pu en juger plus sûrement l'année dernière, quand on parla de jouer aux Italiens l'*Hippolyte Porte-Couronne ;* le destin en a décidé autrement ! Son traducteur, M. Rhéal, se proposait d'organiser des intermèdes lyriques, à la manière des anciens. Non content de mettre en beaux vers français le dialogue et les strophes d'Euripide, il *devinait la mise en scène ;* il ressuscitait le chant et la danse d'autrefois. Nous eussions vu se mouvoir sur le thymélé les chœurs des femmes et ceux des compagnons d'Hippolyte ; au pied des statues de Vénus et de Diane, les esclaves chargés d'amphores et de corbeilles ; les trézémennes, couronnées de roses, conduites par la coryphée ; les danseuses, qui frappent leurs crotales d'airain ; toutes les splendeurs des fêtes helléniques auraient charmé nos regards. M. Sébastien Rhéal est de ceux qui veulent qu'on en revienne, non-seulement à l'esprit, mais aux rites complets du théâtre grec.

LE CORRESPONDANT. — 1er *septembre* 1858. — A. DE MOUY.

*Étude sur la représentation de l'*OEdipe roi. — Nous ne demandons pas le masque, qui n'était, chez les anciens, qu'un moyen d'acoustique ; mais nous regrettons de n'avoir pas vu la scène divisée, comme dans Athènes, en deux parties : le proscenium, où se tenaient les principaux personnages ; le thymélé, réservé au chœur. Nous regrettons l'absence de cet autel à gradins, où se groupait le chœur lorsqu'il demeurait silencieux.

Nous nous sommes étonné de voir le coryphée et les chorétides se mêler aux autres figurants comme un groupe de comparses, et les jeunes filles qui disent les strophes se frayer péniblement, à travers la foule, un chemin vers le premier plan. Cette confusion de personnages ressemble à un lever de rideau d'opéra comique, et rien assurément ne rappelle moins l'ordre simple et le caractère religieux de l'antiquité. Enfin nous aurions désiré que l'accompagnement permît d'entendre au moins les strophes du chœur (1).

On pouvait aisément combler ces lacunes ... On y serait parvenu sans peine en consultant d'abord les souvenirs de l'*Antigone*, ensuite et surtout la remarquable traduction de l'*Hippolyte Porte-Couronne*, dont l'auteur, M. Sébastien Rhéal, me semble avoir un sentiment parfait de la représentation du drame antique. Nous n'avons lu nulle part un travail archéologique plus ingénieux et plus solide sur ce point d'érudition qui préoccupe les savants et les artistes plus que jamais. Nous aurions aimé trouver dans l'*OEdipe roi* cette alliance nécessaire des idées du poëte et de la pompe extérieure de la tragédie.

GAZETTE DE FRANCE.—*Questions théâtrales actuelles.*—J. M. TIENGOU.

Feuilleton du 28 *août* 1858. — Un poëte, à qui toute bonne littérature est familière, et notamment très versé dans la littérature grecque, vient de publier la traduction de l'*Hippolyte Porte-Couronne* d'Euripide. Cet *Hippolyte* est celui où Racine a principalement puisé pour sa

(1) Dans la nouvelle mise en scène d'*Athalie*, l'union du drame et de la musique s'est brillamment réhabilitée, quoique sans l'ensemble grandiose et la couleur locale exigibles pour de telles œuvres ; le chœur des lévites s'y mêle encore trop au chœur des jeunes filles. Racine n'est pourtant pas Grec. Monté avec tout son éclat, il aurait eu la renaissance triomphale de Mozart sur un théâtre populaire.

tragédie, quoiqu'il se soit inspiré aussi de l'*Hippolyte* de Sénèque. Les discussions qui se sont récemment élevées sur la *Phèdre* de Racine, à l'occasion de la belle traduction de M. Dall'ongaro, donnent à cette dernière un grand mérite d'opportunité. Je n'ai eu qu'à peine le temps de jeter un coup d'œil sur l'œuvre de M. Rhéal. Sa traduction m'a paru généralement très fidèle; son vers a souvent de la vigueur et de l'éclat.

Feuilleton du 22 septembre. — Deux écoles, outre l'école racinienne, sont en présence pour la restitution des chefs-d'œuvre du théâtre grec. L'une de ces écoles — et M. J. Lacroix, homme fort instruit et poëte élégant, me parait être de celle-ci — pense qu'on ne saurait trop respecter le mot de l'original, dans tout ce qui a rapport à l'action dramatique, et que, pour la partie lyrique, le plus souvent accessoire, une plus grande licence est permise. L'autre école, au contraire, pense que la partie lyrique, bien que n'étant pas intimement liée à l'action, est la *caractéristique* de la tragédie grecque, et qu'on ne saurait y toucher sans détruire l'ensemble. Elle procède parfois par équivalents, et transpose ici ce qui était là; mais elle garde à l'œuvre toute sa physionomie typique.

Antigone, ai-je ouï dire, fut autrefois restituée dans le sens de cette nouvelle école, et j'ai en ce moment sous les yeux la traduction de l'*Hippolyte* d'Euripide, par M. Sébastien Rhéal, restituée dans le même sens.

Feuilleton du 22 novembre. — Puisqu'on se prépare à nous rendre *Athalie*, je demanderais qu'on voulût bien nous la rendre complète, avec les chœurs et la musique des chœurs. On me répondra qu'une tradition constante de la Comédie-Française s'oppose à la réalisation de ma demande. Mais, je le dirai immédiatement, cette tradition est pour moi un abus invétéré, une parcimonieuse négligence. Pour avoir la tradition vraie, il faut remonter jusqu'à Racine lui-même (citation extraite des préfaces d'*Esther* et d'*Athalie*). Ce que je demande, on le voit, c'est qu'on quitte une pseudo-tradition pour en revenir à la tradition racinienne. Je demande que ce qui a été écrit pour être chanté soit chanté, non déclamé ou supprimé. On n'a pas le droit de mutiler les chefs-d'œuvre....

La question importante, au point de vue de l'intégrité de l'œuvre, l'est peut-être encore davantage au point de vue général de l'art. Plusieurs ont soutenu et soutiennent que la médiocrité du succès obtenu par la belle traduction de M. J. Lacroix a surtout eu sa cause dans la substitution du chœur déclamé au chœur chanté. M. Sébastien Rhéal, entre autres, a défendu cette opinion, avec beaucoup de talent et de conviction, dans un journal franco-italien.... Racine, on l'a vu par le passage de sa préface cité plus haut, ne différait pas sensiblement, quant au principe, de M. Rhéal. Ce qu'il a voulu, dans *Esther* et dans *Athalie*, c'est relier la chaîne interrompue de la tragédie grecque.

REVUE DES DEUX-MONDES. — 1ᵉʳ *novembre* 1858. — L. SCUDO.

Le Théâtre-Français mérite, selon nous, une mention honorable pour
la tentative hardie qu'il a faite de mettre sous les yeux d'un public fri-
vole un chef-d'œuvre de l'esprit humain : L'*OEdipe roi* de Sophocle
Je sais tout ce que l'on peut dire contre la possibilité de faire goûter
une conception dramatique d'un ordre aussi élevé et se rattachant à une
civilisation si différente de la nôtre. Cependant il appartient au Théâtre-
Français d'entreprendre de pareils essais et de remonter de temps en
temps à la grande source de sa tradition : le théâtre grec et romain. Ici
même la valeur de la traduction de M. J. Lacroix a été appréciée. Je
n'ai plus qu'à blâmer l'usage qu'on a fait de la musique, en l'introdui-
sant si maladroitement dans une œuvre dramatique de l'antiquité (1)...
D'abord il faut se résigner à convenir qu'on ne connaît pas une note de
la musique grecque, sur laquelle on a écrit tant de livres savantissimes.
On ignore tout à fait comment cet art, aujourd'hui émancipé et vivant
de sa vie propre, s'alliait alors à la poésie, dont il n'était qu'un accessoire. Voulez-vous avoir une idée de ce que pouvait être la mélopée an ·
tique, cette espèce de récitatif d'une sonorité modérée et d'un rhythme
flottant...? Allez dans une église catholique, et écoutez les belles mé-
lodies grégoriennes, dont elle a pieusement conservé la tradition.

LA LIBRE RECHERCHE. — *Avril* 1859. — BIBLIOGRAPHIE FRANÇAISE.

Nous regrettons de ne pouvoir reproduire *in extenso*, vu notre espace
limité, le sagace article inséré dans la Revue européenne de Bruxelles.
Son rédacteur y envisage le drame d'Euripide sous le côté philosophique
et social, comme type éclatant d'une phase historique très avancée, entre le vieux monde Polythéiste au déclin et la renaissance chrétienne
dont Socrate, l'ami du poëte, et les initiés Orphiques, furent les pré-
curseurs en Grèce. On y signale également la curieuse synthèse primitive, où se retrouvent les célèbres satires de Molière contre les femmes
savantes et les sophistes hypocrites, la passion et la sublime pensée
Cornéliennes, le réalisme et l'idéalisme modernes, avec le merveilleux
antique et le lyrisme des symphonies chorales.

Ce caractère multiple remarquable, spécialement mis en relief dans
notre traduction, imprime à l'œuvre originale un ensemble inattendu,

(1) En citant un critique musicien justement estimé, indiquons son curieux
aperçu du numéro suivant sur l'état de notre première scène lyrique comparée au
théâtre grand-ducal de Carlsruhe. Il ignorait ici les antécédents de l'*OEdipe roi*,
dont le système vicieux d'exécution, altérant le rituel expressif, paralysa le
succès ; néanmoins presque toutes les voix compétentes ont pareillement applaudi
ces retours du Théâtre-Français vers sa vraie mission. (V. notre étude sur les
représentations grecques dans le *Courrier franco-italien* d'octobre et de novembre 1858.)

entièrement dissemblable de celui de la Phèdre française, combinée avec la grecque et surtout la romaine, dont Racine nous reflète la prestigieuse figure, au milieu des mélanges disparates imposés par son époque. Ajoutons que l'Hippolyte grec, dans son cadre Shakspearien, renferme deux éléments pathétiques absents d'*Athalie* et d'*OEdipe roi* : la vie intime et l'amour.

« Aussi la plus grande erreur, dit en terminant le docte analyste, serait de prendre un tel ouvrage *pour une tragédie*, selon notre moule classique conventionnel et les fausses notions répandues sur la tragédie Olympique. Sa représentation offrirait, certes, un spectacle émouvant et instructif, si l'esprit servile de la routine ne la mutile pas, comme les précédentes pièces grecques. M. Rhéal ne s'est pas contenté de faire de la théorie en livre ; il voudrait affranchir et reconstituer le Théâtre-Français du dix-neuvième siècle. Son drame hellénique, restauré pour la scène, a rencontré tous les obstacles opposés aux manifestations progressives, depuis dame Thémis jusqu'à seigneur Plutus. L'auteur du *Monde Dantesque* et des *Stations poétiques*, dont la muse nous raconta en si beaux vers la destinée de Frédéric sauvage, y était sans doute préparé. » (P. G. B.)

CHRONIQUE THÉATRALE. — *Omnibus*, 13 *mars* 1859. — **CH. DESOLME.**

Pour voir la lumière, on n'a qu'à ouvrir les yeux. Il est parfaitement démontré que le monde actuel des théâtres de Paris est insuffisant pour l'augmentation qu'a subie la population sédentaire, démesurément accrue par la population flottante qu'amènent les lignes des voies ferrées ; il est également reconnu qu'auprès de chaque théâtre trois ou quatre personnes suffisent pour défrayer le répertoire de l'année entière ; de sorte que l'on peut affirmer, et je l'affirme nettement, que sur les trois cents et quelques auteurs dramatiques dont se compose la société présidée par M. Scribe, quinze environ seulement font leurs affaires. Parmi ceux-ci, quatre ou cinq gagnent des bénéfices considérables, tandis que le reste, qui ne forme cependant pas le *vulgum pecus*, n'arrive pas aux 1800 fr. d'un simple commis de bureau ou d'un clerc d'huissier. Cela n'est point juste et demande une modification.

NOTA :

Le judicieux chroniqueur, ex-directeur de *L'Europe artiste*, ne compte pas dans sa statistique, selon la coutume, les auteurs et compositeurs dramatiques non joués, connus ou inconnus, qui ne font point partie de la corporation des représentés et des privilégiés. Ceux-là sont des Parias devant les exploitations théâtrales, où ne subsistent plus, même à côté des subventions, ni garanties protectrices pour l'art, ni comités de lecture, sauf celui des sociétaires du Théâtre-Français. Toutes les mesures palliatives resteront infructueuses, avec les intentions les meilleures, si l'on ne remédie au mal par la base. Nous ajournons nos requêtes générales là-dessus, après notre dernière expérience et le travail de la nouvelle commission.

CONCLUSION.

Les opinions notables émises s'accordent sur les deux points capitaux posés : la nécessité de relever moralement l'art dramatique et celle d'en élargir les voies étroites, pour l'interprète d'Euripide comme pour tous. La majorité, jugeant ma tentative particulièrement digne d'être offerte à la France lettrée sur l'un de nos grands théâtres, veut bien confirmer les suffrages d'un nombreux auditoire d'élite et l'active adhésion d'artistes experts, ses premiers coopérants dévoués. Je constate scrupuleusement quelques réserves et divergences partielles, exprimées touchant le mode musical et la restitution scénique des pièces grecques ou la prééminence de l'œuvre racinienne sur ses originaux.

Mon illustre devancier, dont je suis le profond admirateur, possède d'assez beaux fleurons pour ne pas craindre de partager celui-ci avec eux; il recréa, selon son temps, ce que j'essaie de réédifier, selon le mien, sous la même doctrine. Mon système synthétique, très difficile, je le sais trop, m'a seul permis de renouveler un sujet ancien, déjà tant traduit, où je me trouve en lutte forcée, moi, simple écrivain sans prérogative influente, avec deux maîtres souverains et des préventions séculaires. Qu'on daigne relire, pour s'en convaincre, les jugements portés par les plus doctes, depuis Brumoy et Laharpe, dans leurs parallèles successifs entre les trois Phèdre.

Mais la question de théorie et de genre, éternellement controversible, ne saurait primer la dominante aujourd'hui : La faculté de se produire, suivant son art et ses titres laborieusement acquis, pour l'épreuve décisive. Tout se résume là d'abord, en appliquant aux talents exclus la parole romaine : *Panem et circenses;* traduisez : le théâtre et du pain. — Merci à tous ceux dont les témoignages sympathiques m'ont soutenu, maintenant comme autrefois, durant ma carrière militante (1), ou qui m'aideront dans cette rude tâche !

(1) Notamment en 1847, lors de la suppression de la modeste indemnité littéraire attachée à mes travaux sur Dante et son époque, pour un humble mémoire exposant la nécessité d'une réglementation publique des encouragements de l'Etat aux sciences, aux lettres et aux arts.

778. — Paris, imprimerie Ch. Jouaust, rue Saint-Honoré, 338.